Le petit Guili

*Ils ne savaient pas
que c'était impossible,
alors ils l'ont fait.*
Mark Twain

ISBN 978-2-211-22254-9
Première édition dans la collection *lutin poche* : mars 2015
© 2013, l'école des loisirs, Paris
Loi numéro 49 956 du 16 juillet 1949 sur les publications
destinées à la jeunesse : mars 2013
Dépôt légal : octobre 2018
Imprimé en France par GCI à Chambray-lès-Tours

Mario Ramos

Le petit Guili

Pastel
les lutins de l'école des loisirs
11, rue de Sèvres, Paris 6ᵉ

Léon était petit, très petit,
mais il avait fait de grandes promesses.

Le jour de son couronnement,
on avait organisé une fête gigantesque
et tous les animaux avaient été invités.

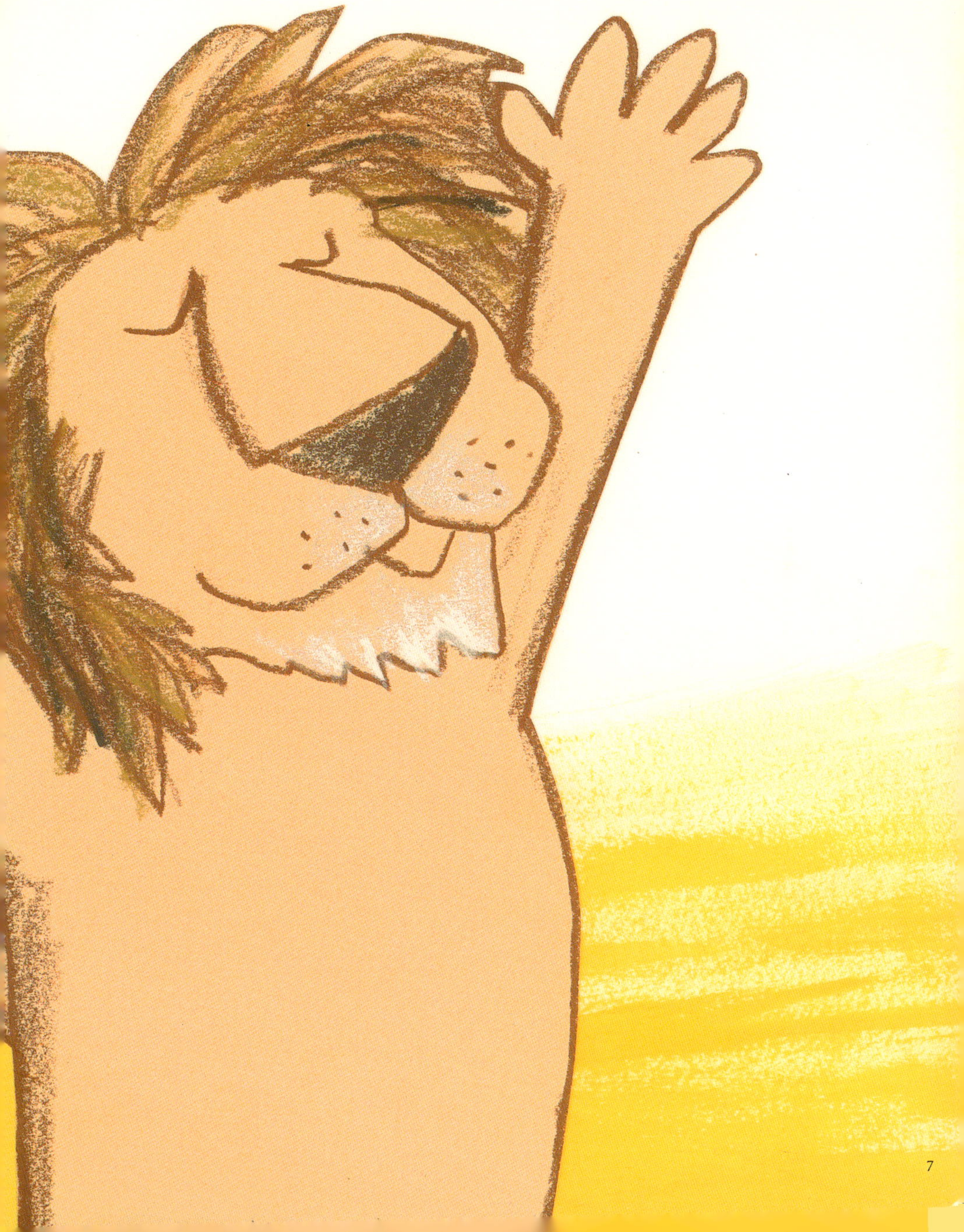

Puis Léon changea.

Il s'entoura d'une armée de gorilles
qu'il payait en cacahuètes.

Pour rencontrer «Sa Majesté»,
il fallait prendre rendez-vous très longtemps à l'avance,
puis se présenter à genoux en baissant les yeux,
et parler tout bas pour ne pas troubler sa sieste.

Les animaux commencèrent à protester.

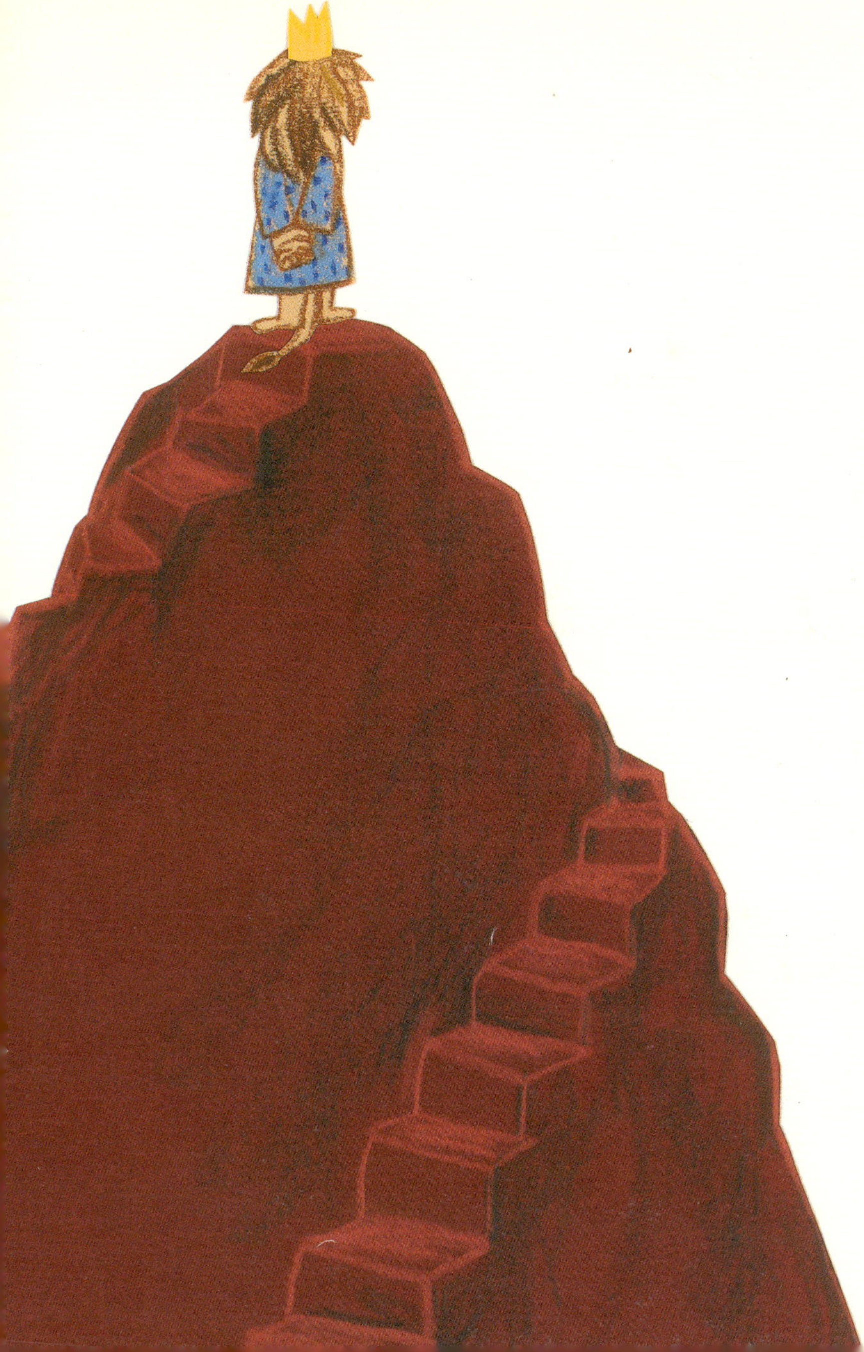

Alors Léon devint cruel.
Très cruel.

Plus il était méchant,
plus il se sentait grand,
terriblement grand.

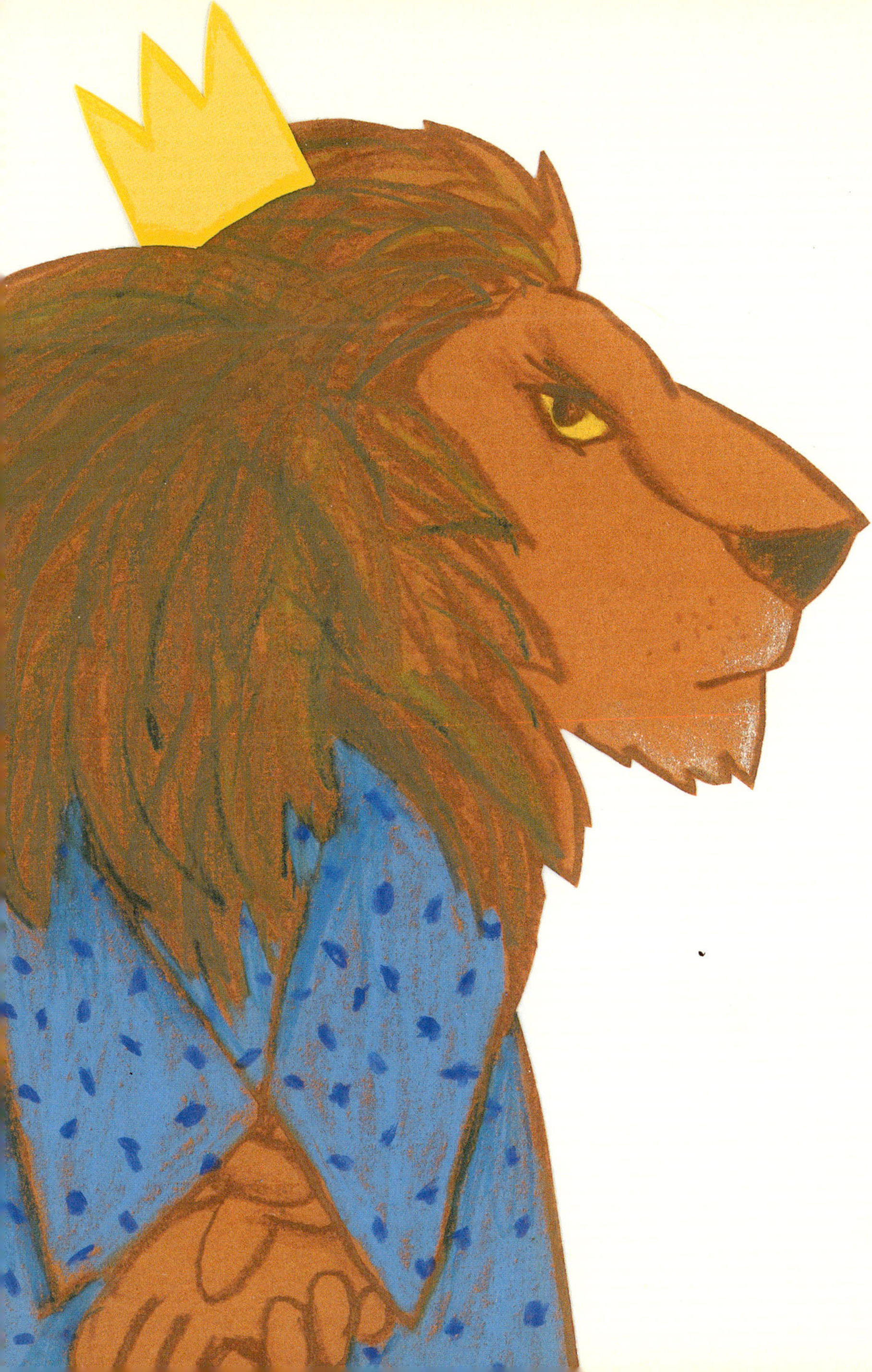

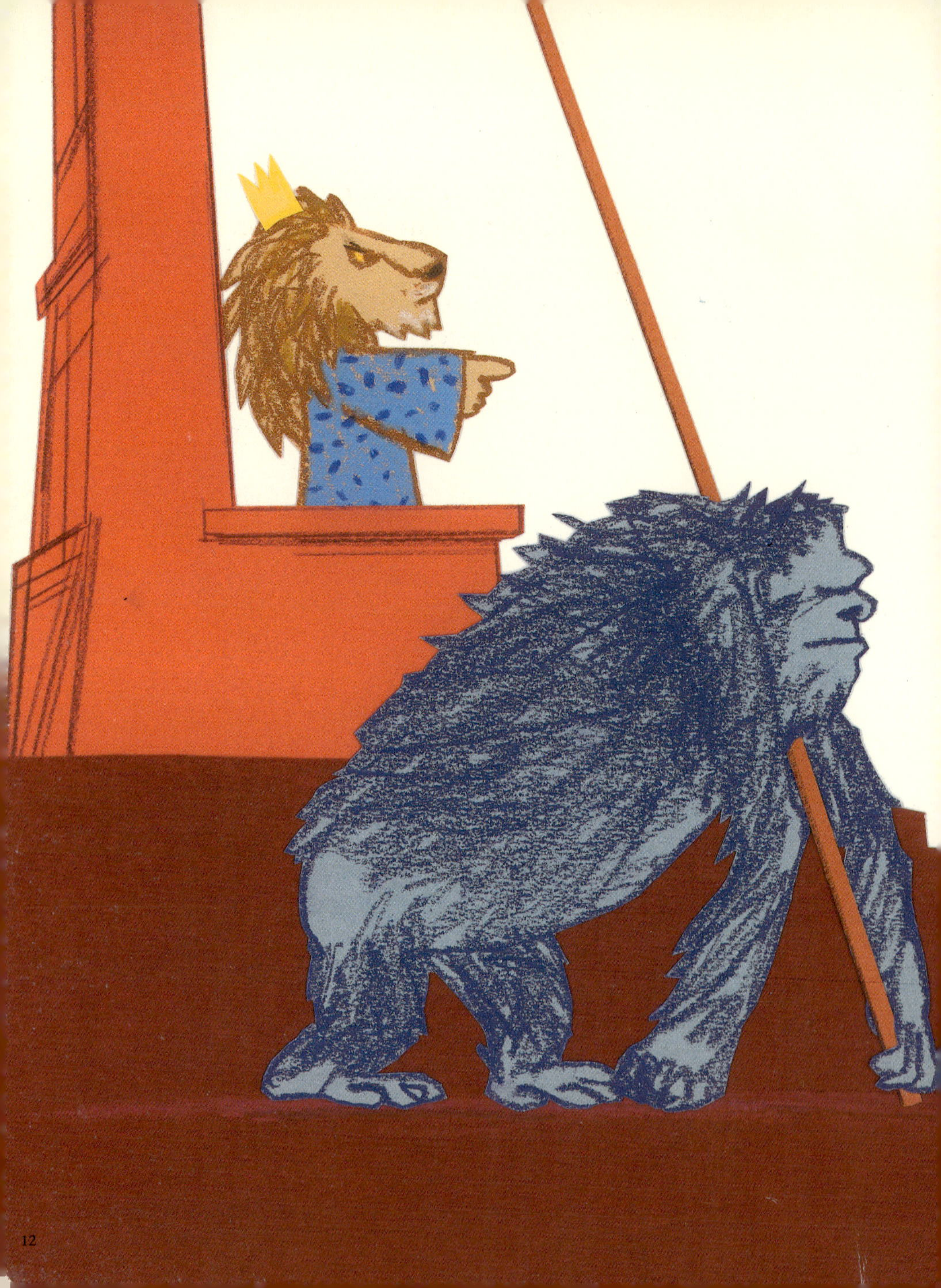

Debout sur son trône,
il changeait les lois suivant son humeur.
Les animaux commencèrent à avoir peur.

Un jour, il inventa une loi
qui interdisait aux oiseaux de voler.
Les parents étaient obligés de briser eux-mêmes
les ailes de leurs petits à la naissance.
La révolte commença à gronder.

Pour détourner l'attention,
Léon déclara la guerre à son voisin.

Vue du balcon, la guerre était un beau spectacle.

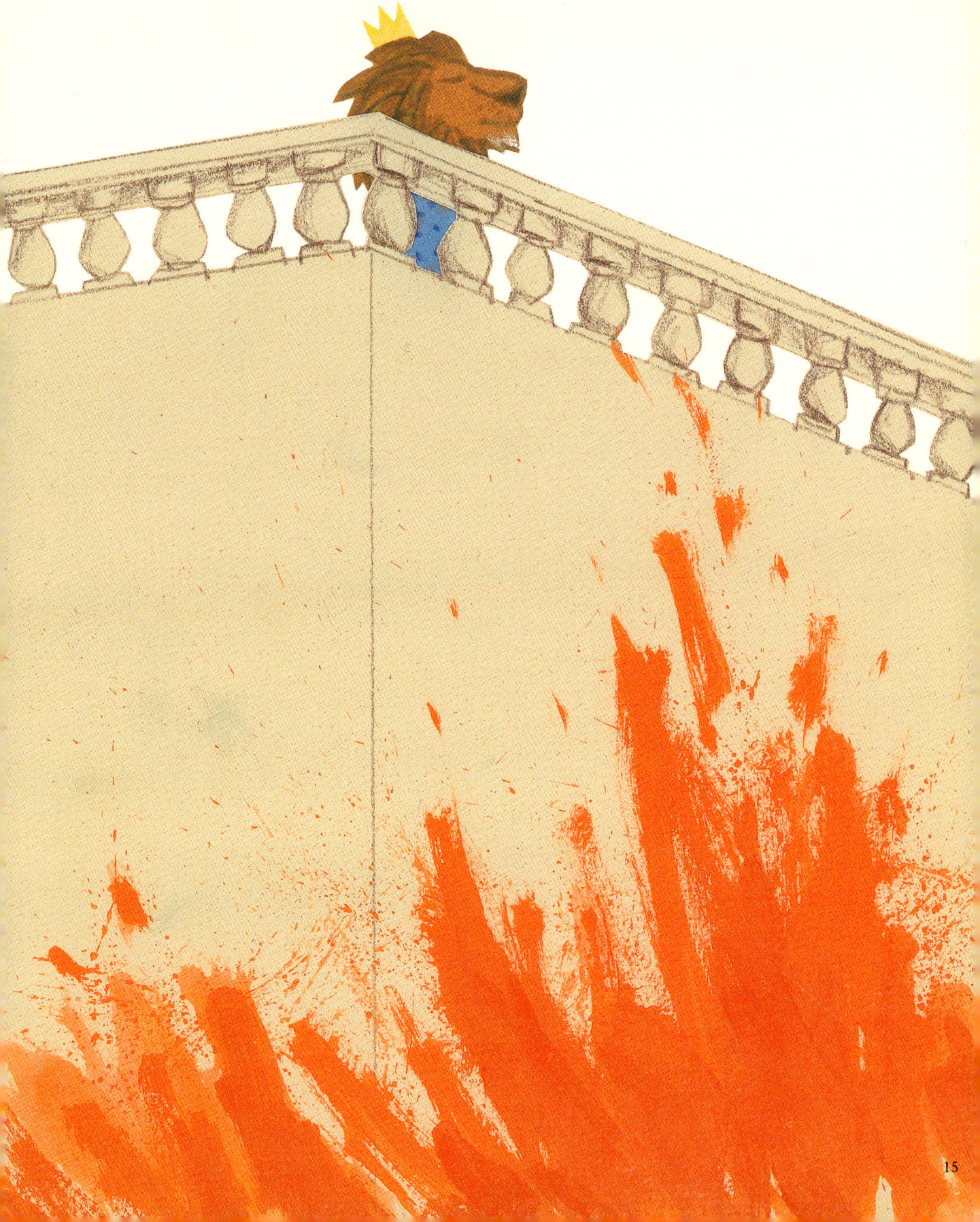

Aux confins du royaume, vivait Tiffany.

Et Tiffany était triste, très très triste.
Son bien-aimé avait été écrasé par un pachyderme
alors qu'elle attendait leur premier bébé.

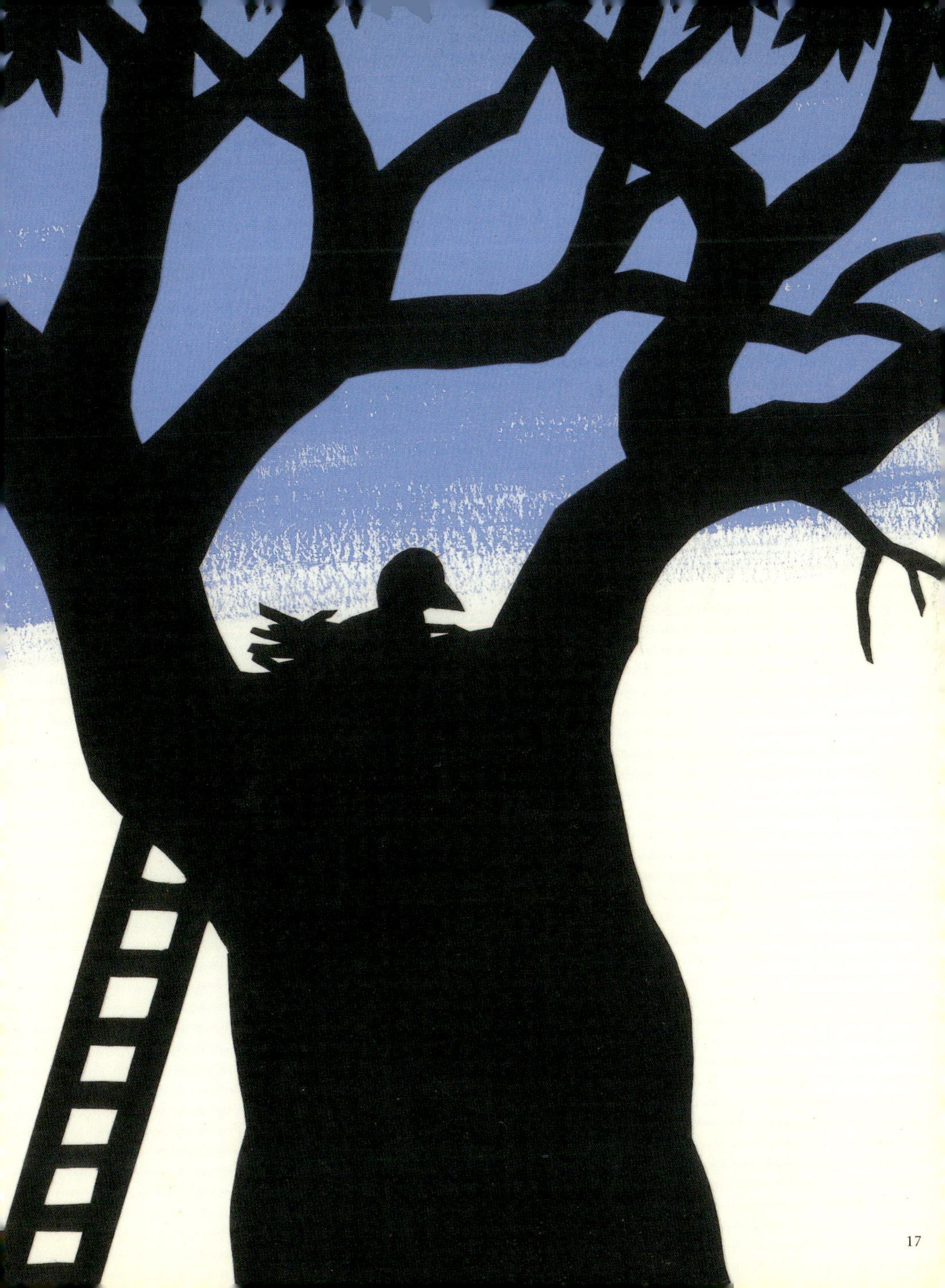

À la naissance, le petit s'emmêla les pattes
et commença sa vie sur terre par une série de culbutes.

«Ha, ha, ha, comme tu es drôle!
Je t'appellerai Guili, tu seras mon petit Guili chéri»,
lui disait Tiffany en le serrant dans ses plumes.

Elle éduqua son enfant en lui donnant tout l'amour
du monde et oublia de lui briser les ailes.
Elle lui apprit à éviter les grosses bêtes
pour ne pas se faire écraser, à monter aux arbres
avec une échelle et à ne pas tomber des branches.

Guili était curieux de tout
et n'avait peur de rien.
Il aimait beaucoup
faire rire ses amis
avec ses pitreries.

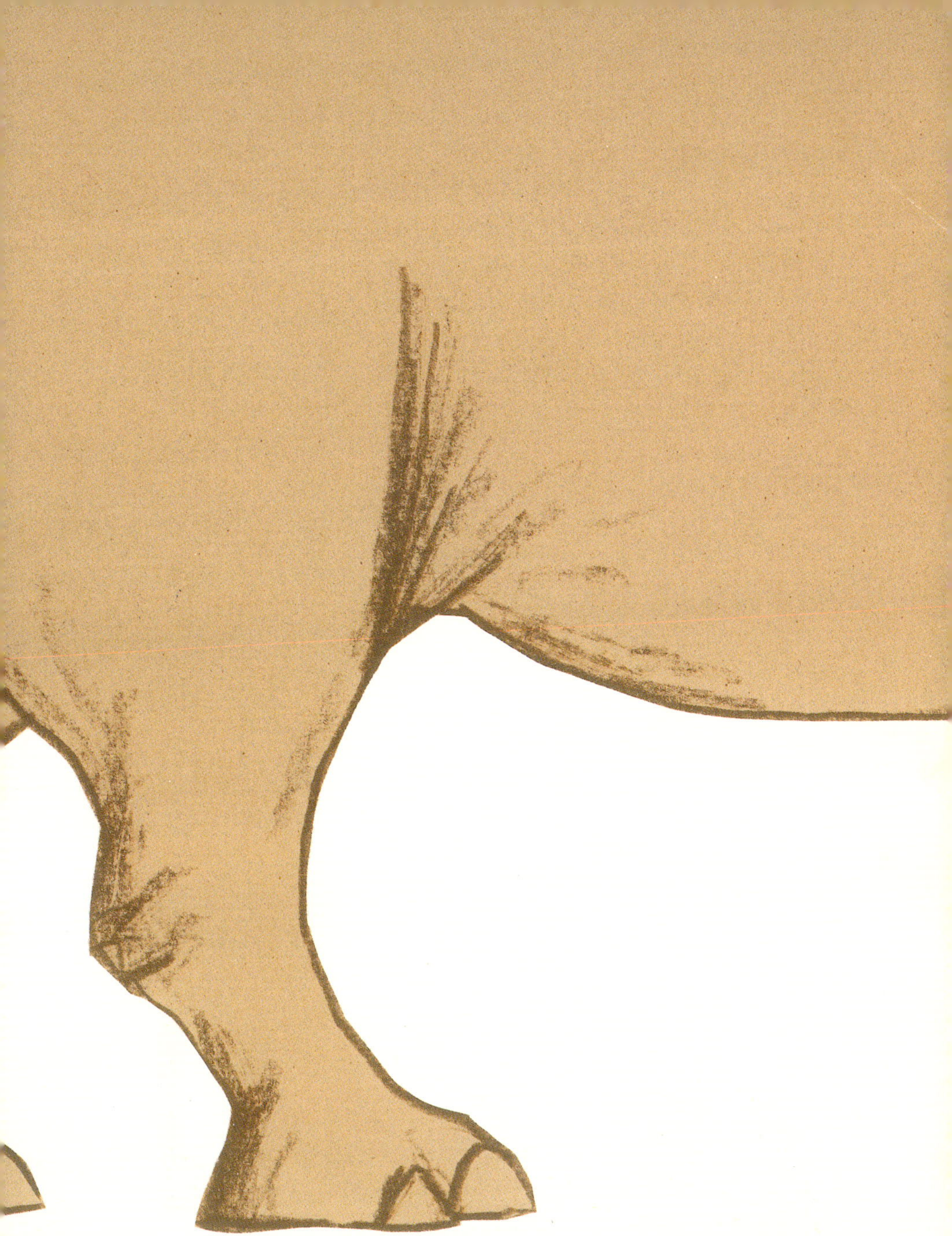

Pendant ce temps, la guerre s'éternisait.
Et le roi paradait en promettant des jours meilleurs.

Un jour, le cortège royal vint à passer
dans la région où vivait Guili.
«Vive le roi!» crièrent les animaux.

«Pourquoi?» lança Guili.
Tous les animaux se tournèrent vers lui.
«S'il est méchant, pourquoi est-il le roi?» insista Guili.
«Parce qu'il a la couronne», répondirent les animaux.

«Ridicule!» dit Guili qui s'élança,
agita les ailes et… s'envola.
Les animaux retenaient leur souffle.

23

Guili vola jusqu'au roi et s'empara de la couronne.

«Qu'on lui arrache les ailes,
qu'on lui crève les yeux,
qu'on le brûle à petit feu!»
hurla Léon, fou de rage.

Mais personne ne peut rien
contre un petit oiseau qui vole librement.

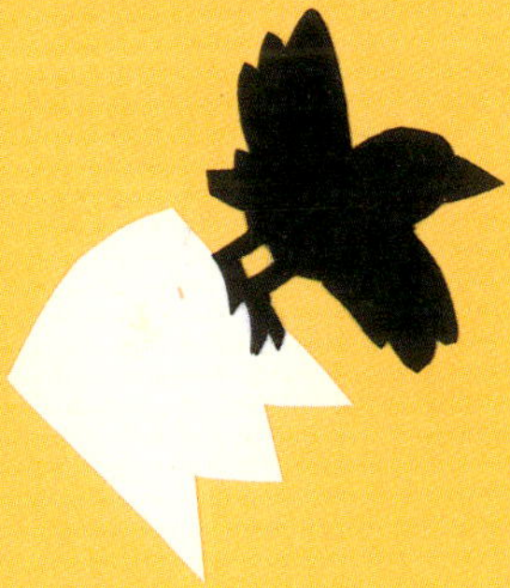

Guili déposa la couronne sur la tête du cochon.
Tous les animaux rirent aux éclats.

Mais le cochon ne riait pas.
Au contraire,
il prenait son rôle très au sérieux
et il décréta :

« Se laver une fois par an est bien suffisant
et j'exige qu'aux carnivores,
on arrache toutes les dents. »

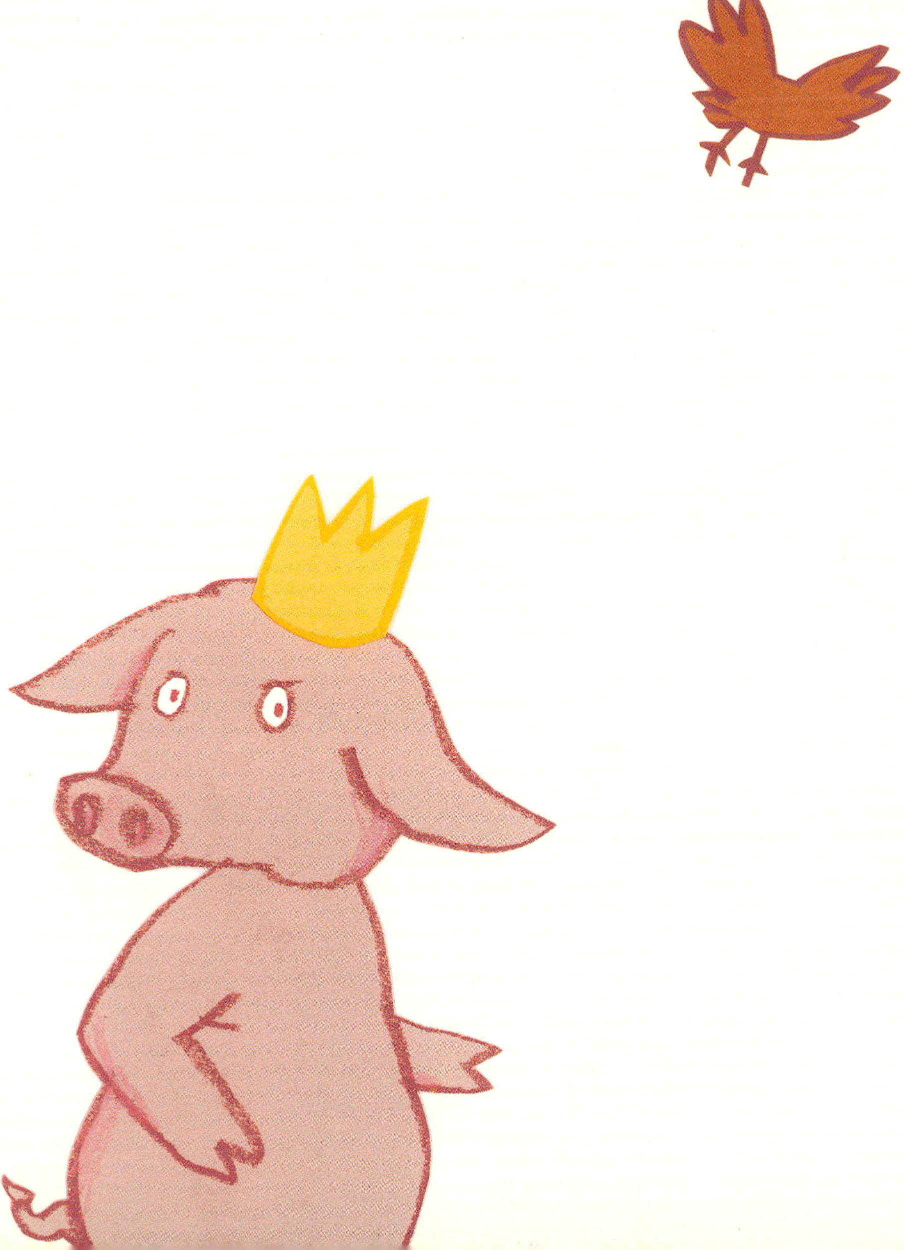

«Ridicule!» dit Guili qui reprit la couronne
et la déposa sur la tête du crocodile qui ordonna:

«Les petits cochons bien gras viendront chez moi
par groupe de huit à l'heure du repas.»

« Ridicule ! » dit Guili qui reprit la couronne et la déposa sur la tête de l'âne qui s'écria :

« Il est interdit de lire et d'écrire...
Et aussi de réfléchir ! »

«Ridicule!» dit Guili qui reprit la couronne
et la déposa sur la tête de l'éléphant qui exigea:

«Trente-six repas chauds servis au lit,
et qu'on écrase toutes les petites souris.»

«Ridicule!» dit Guili qui reprit la couronne
et la déposa sur la tête du chien qui imposa:

«Tous les animaux devront parler en aboyant
et remuer la queue lorsqu'ils sont contents.»

« Ridicule ! » dit Guili qui reprit la couronne
et la déposa sur la tête du renard qui stipula :

« Les poules et les lapins pourront courir dans les champs,
les canards et les oies seront libres comme le vent.
Je veux que tout le monde circule librement ! »

« Ridicule ! » dit Guili qui reprit la couronne
et la déposa sur la tête du gorille
qui se gratta longuement le crâne avant de bredouiller :
« ... Et si on remettait la couronne sur la tête du lion ? »

«Parfaitement ridicule!» dit Guili qui reprit la couronne, s'envola très haut dans le ciel et disparut à l'horizon.

Guili vola très longtemps
et découvrit une immense étendue bleue.
Là, il laissa tomber la couronne.
Celle-ci disparut au fond de l'océan.
Soulagé, Guili décida de voler vers d'autres mondes.

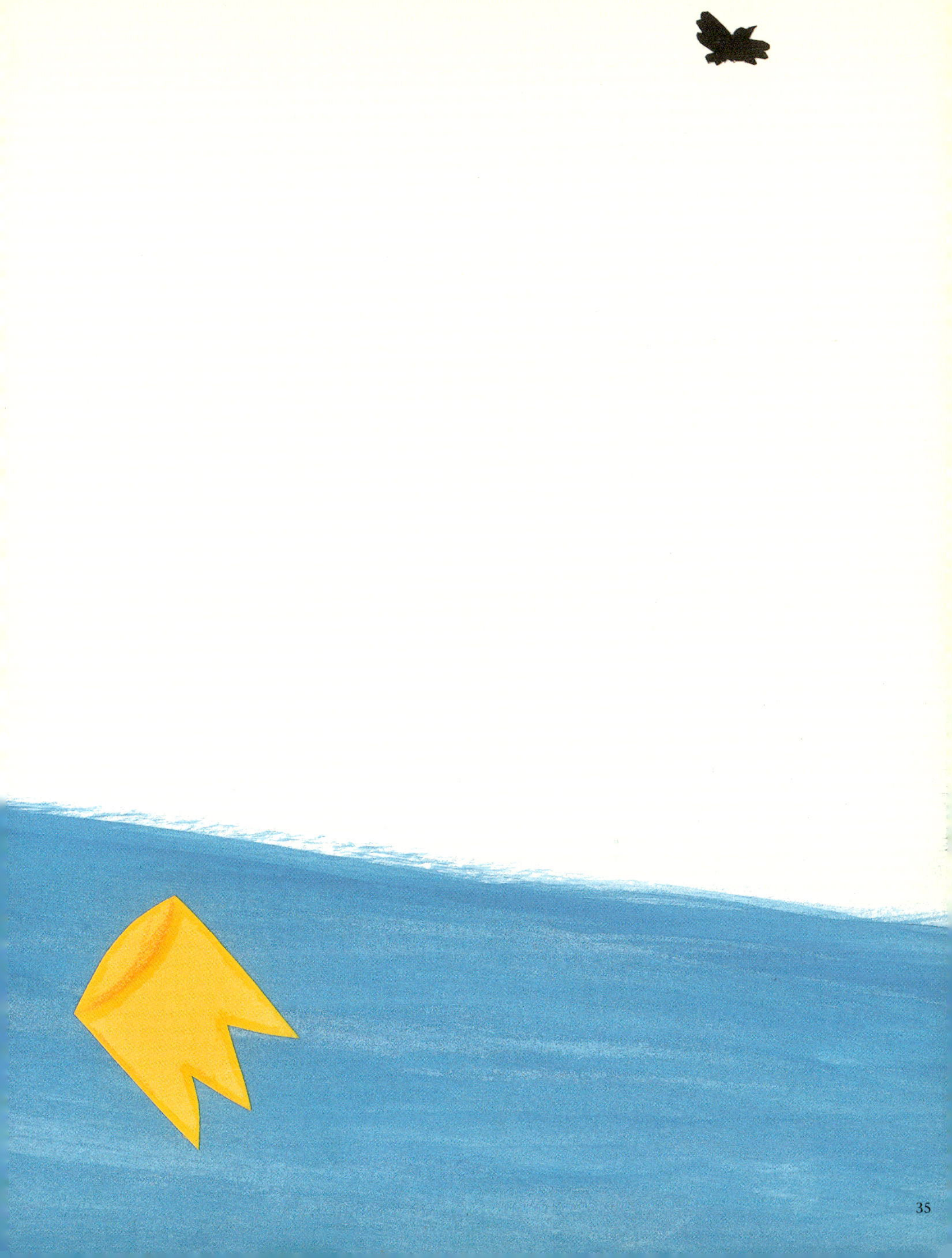

Cependant, au fond de l'océan,
Néron, le petit poisson, avait fait de grandes promesses.

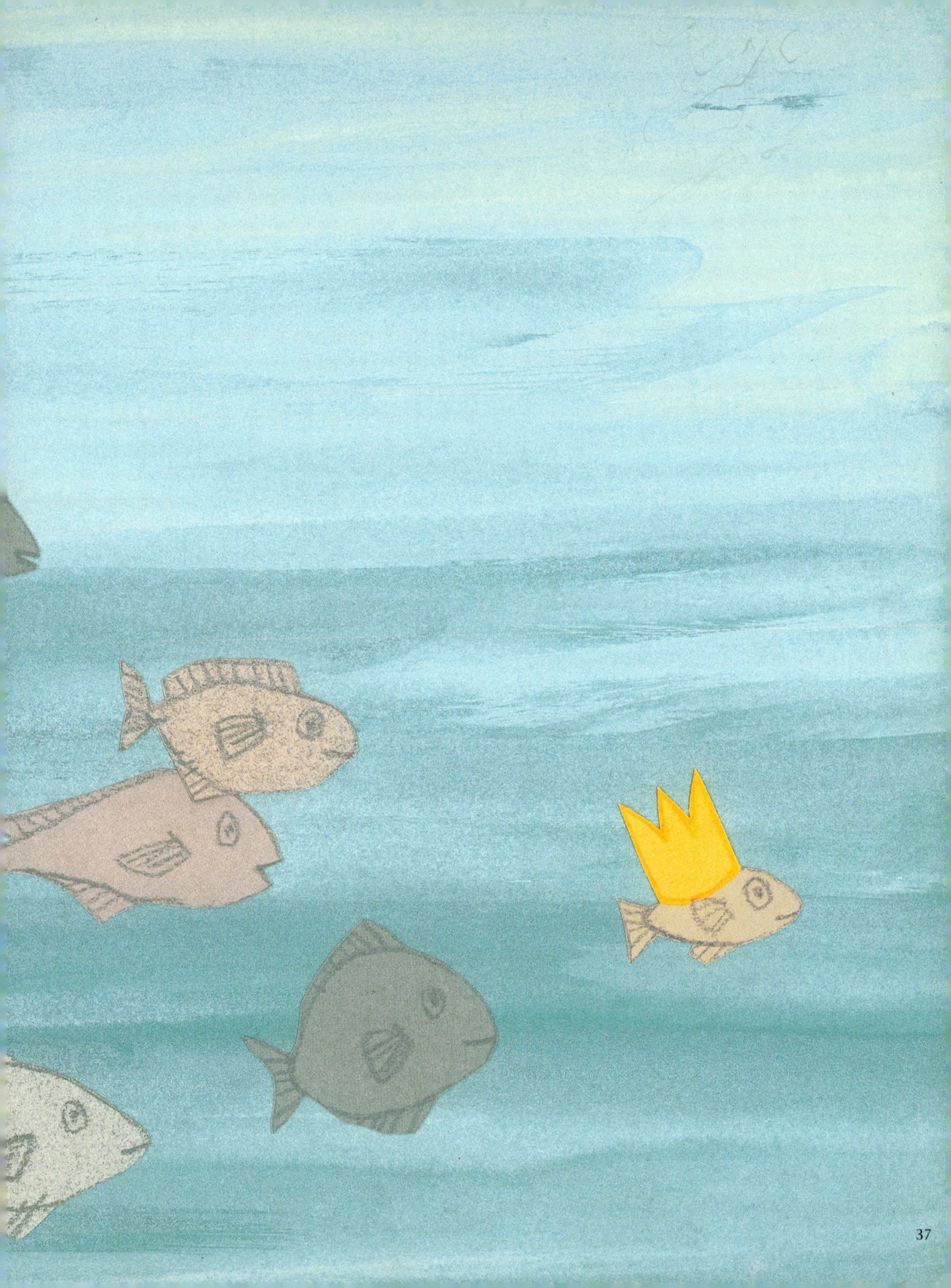